妈妈
睡前给我
读的诗

Bedtime Poetry for Children

叶子兮
编

台海出版社

图书在版编目（CIP）数据

妈妈睡前给我读的诗 / 叶子兮编 . -- 北京：台海出版社，
2017.7（2017.12重印）
 ISBN 978-7-5168-1465-9

Ⅰ.①妈… Ⅱ.①叶… Ⅲ.①诗集－世界 Ⅳ.
① I12

中国版本图书馆 CIP 数据核字（2017）第 151799 号

妈妈睡前给我读的诗

编　　者｜叶子兮

责任编辑｜高惠娟　　　　　　策划编辑｜赵　鹏
封面设计｜主语设计　　　　　　责任印制｜蔡　旭

出版发行｜台海出版社
地　　址｜北京市东城区景山东街 20 号　邮政编码：100009
电　　话｜010 － 64041652（发行，邮购）
传　　真｜010 － 84045799（总编室）
网　　址｜www.taimeng.org.cn/thcbs/default.htm
E － mail｜thcbs@126.com

印　　刷｜北京旭丰源印刷技术有限公司
开　　本｜787 毫米 × 1092 毫米　1/20
字　　数｜200千字
印　　张｜10.4
版　　次｜2017 年 7 月第 1 版
印　　次｜2017 年 12 月第 2 次印刷
书　　号｜ISBN 978-7-5168-1465-9
定　　价｜59.80元

抵达梦的彼岸，
因为有妈妈的一句晚安……

目录 | CONTENTS

睡吧，小小的人

朱自清

"睡吧，小小的人。"
明明的月照着，
微微的风吹着——一阵阵花香，
睡魔和我们靠着。

"睡吧，小小的人"
你满头的金发蓬蓬地覆着，
你碧绿的双瞳微微地露着，
你呼吸着生命的呼吸。
呀，你浸在月光里了，
光明的孩子，——爱之神！
"睡吧，小小的人。"

夜的光，
花的香，
母的爱，
稳稳地笼罩着你。

你静静地躺在自然的摇篮里，
什么恶魔敢来扰你！

"睡吧，小小的人。"
我们睡吧，
睡在上帝的怀里：
他张开慈爱的两臂，
搂着我们；
他光明的唇，
吻着我们；
我们安心睡吧，
睡在他的怀里。

"睡吧，小小的人。"
明明的月照着，
微微的风吹着——一阵阵花香，
睡魔和我们靠着。

冬青

[法国] 果尔蒙 / 戴望舒 译

西茉纳，太阳含笑在冬青树叶上，

四月已回来和我们游戏了。

他将些花篮背在肩上，

他将花枝送给荆棘、栗树、杨柳；

他将长生草留给水，又将石楠花

留给树木，在枝干伸长着的地方；

他将紫罗兰投在幽荫中，在黑莓下，

在那里，他的裸足大胆地将它们藏好又踏下；

他将雏菊和有一个小铃项圈的

樱草花送给了一切的草场；

他让铃兰和白头翁一齐坠在

树林中，沿着幽凉的小径；

他将鸢尾草种在屋顶上

和我们的花园中，西茉纳，那里有好太阳，

他散布鸽子花和三色堇，

风信子和那丁香的好香味。

相闻

[日本]柿本人麻吕 / 钱稻孙　译

长月黄昏后，

伫立露沾身；

莫问我为谁，

我自待伊人。

发

[法国] 果尔蒙 / 戴望舒　译

西茉纳，有个大神秘
在你头发的林里。

你吐着干蒭的香味，你吐着野兽
睡过的石头的香味；

你吐着熟皮的香味，你吐着刚簸过的
小麦的香味；

你吐着木材的香味，你吐着早晨送来的
面包的香味；

你吐着沿荒垣
开着的花的香味；

你吐着黑莓的香味，你吐着被雨洗过的
长春藤的香味；

你吐着黄昏间割下的
灯心草和薇蕨的香味；

你吐着冬青的香味，你吐着藓苔的香味，

你吐着在篱阴结了种子的
衰黄的野草的香味；

你吐着荨麻如金雀花的香味，

你吐着首蓓的香味，你吐着牛乳的香味；

你吐着茴香的香味；

你吐着胡桃的香味，你吐着熟透而采下的
果子的香味；

你吐着花繁叶满时的
柳树和菩提树的香味，

你吐着蜜的香味，你吐着徘徊在牧场中的
生命的香味；

你吐着泥土与河的香味；

你吐着爱的香味，你吐着火的香味。

西茉纳，有个大神秘
在你头发的林里。

秋江的晚上

刘大白

归巢的鸟儿，

尽管是倦了，

还驮着斜阳回去。

双翅一翻，

把斜阳掉在江上；

头白的芦苇，

也妆成一瞬的红颜了。

018

我没有忘记

[法国] 波特莱尔 / 戴望舒　译

我没有忘记，离城市不多远近，

我们的白色家屋，虽小却恬静；

它石膏的果神和老旧的爱神

在小树丛里藏着她们的赤身；

还有那太阳，在傍晚，晶莹华艳，

在折断它的光芒的玻璃窗前，

仿佛在好奇的天上睁目不闪，

凝望着我们悠长静默的进膳，

把它巨蜡般美丽的反照广布

在朴素的台布和哔叽的帘幕。

山行

[唐] 杜牧

远上寒山石径斜，
白云生处有人家。
停车坐爱枫林晚，
霜叶红于二月花。

你是人间的四月天

林徽因

我说你是人间的四月天；

笑响点亮了四面风；

轻灵在春的光艳中交舞着变。

你是四月早天里的云烟，

黄昏吹着风的软，

星子在无意中闪，

细雨点洒在花前。

那轻，那娉婷，你是，

鲜妍百花的冠冕你戴着，

你是天真，庄严，

你是夜夜的月圆。

雪化后那篇鹅黄，你像；

新鲜初放芽的绿，你是；

柔嫩喜悦

水光浮动着你梦期待中白莲。

你是一树一树的花开，

是燕在梁间呢喃，

——你是爱，是暖，是希望，

你是人间的四月天！

月光

王独清

月儿，你像向着海面展笑，

在海面上画出了银色的装饰一条。

这装饰画得真是奇巧，

简直是造下了，造下了一条长桥。

风是这样的轻轻，轻轻，

把海面吻起了颤抖的叹息。

月儿，你的长桥便像是有了弹性，

忽高忽低地只在闪个不停。

哦，月儿，我愿踏在你这条桥上，

就让海底叹息把我围在中央，

我好一步一步地踏着光明前往，

好走向，走向那辽远的，人不知道的地方……

夜歌

[德国] 歌德 / 朱湘　译

暮霭落峰巅

无声，

在树杪枝间

不闻

半丝清风；

鸟雀皆已展翼埋头；

不多时，你亦将神游

睡梦之中。

春晚

[宋] 左纬

池上柳依依，柳边人掩扉。

蝶随花片落，燕拂水纹飞。

试数交游看，方惊笑语稀。

一年春又尽，倚杖对斜晖。

摇篮歌

蒲风

孩子，你快长快大吧，

空气是无量，

土地是阔广，

你的保姆是无数，

褴褛群里，摇篮歌为你歌唱；

孩子，歌声是雄壮！

孩子，你快长快大吧，

妈妈是铁，爸爸是钢；

两肩担起一切艰巨，

污秽里迈步，

危难中挺身；

前方，新的明珠在辉煌！

风景

——赠丽坦、龚查、贝贝和加曼西迦

[西班牙] 洛尔迦 / 戴望舒　译

苍茫的夜晚，

披上了冰寒。

朦胧的玻璃窗后面，

孩子们全都看见

一株黄色的树

变成了许多飞燕。

夜晚一直躺着

顺着河沿，

屋檐下在打颤，

一片苹果的羞颜。

慈姑的盆

周作人

绿盆里种下几颗慈姑，

长出青青的小叶。

秋寒来了，叶都枯了，

只剩了一盆的水。

清冷的水里，荡漾着两三根，

飘带似的暗绿的水草。

时常有可爱的黄雀，

在落日里飞来，

蘸水悄悄地洗澡。

金缕曲·瀚海飘流燕

[清]梁启超

瀚海飘流燕。

乍归来、依依难认，旧家庭院。

惟有年时芳俦在，一例差池双剪。

相对向、斜阳凄怨。

欲诉奇愁无可诉，算兴亡、已惯司空见。

忍抛得，泪如线。

故巢似与人留恋。

最多情、欲黏还坠，落泥片片。

我自殷勤衔来补，珍重断红犹软。

又生恐、重帘不卷。

十二曲阑春寂寂，隔蓬山、何处窥人面？

休更问，恨深浅。

037

小诗

徐玉诺

湿漉漉的伟大的榕树

罩着的曲曲折折的马路，

我一步一步地走下，

随随便便地听着清脆的鸟声，

嗅着不可名的异味……

这连一点思想也不费，

到一个地方也好，

什么地方都不能到也好，

这就是行路的本身了。

迢迢牵牛星

古诗十九首

迢迢牵牛星，皎皎河汉女。

纤纤擢素手，札札弄机杼。

终日不成章，泣涕零如雨。

河汉清且浅，相去复几许？

盈盈一水间，脉脉不得语。

母牛

[俄罗斯] 叶赛宁 / 戴望舒　译

很衰老，掉了牙齿，
角上是年岁的轮，
粗暴的牧人鞭策它
从一个牧场牵它到另一牧场。

它的心对于呼叱的声音毫无感动，
土鼠在一隅爬着
可是它却凄然缅想
那白蹄的小牛。

人们没有把孩子剩给母亲，
它没有享受到第一次的欢乐
在赤阳下的一根杆子上，
风飘荡着它的皮。

而不久在裸麦田中，
它将有和它的儿子同样的命运，
人们将用绳子套在颈上
牵它到宰牛场中去。

可怜地，悲哀地，凄惨地，
角将没到泥土中去……
它梦着白色的丛林
和肥美的牧场。

偶然

徐志摩

我是天空里的一片云，

偶尔投影在你的波心——

你不必讶异，

更无须欢喜——

在转瞬间消灭了踪影。

你我相逢在黑夜的海上，

你有你的，我有我的，方向；

你记得也好，

最好你忘掉，

在这交会时互放的光亮！

独语

覃子豪

我向海洋说：我怀念你

海洋应我

以柔和的潮声

我向森林说：我怀念你

森林回我

以悦耳的鸟鸣

我向星空说：我怀念你

星空应我

以静夜的幽声

我向山谷说：我怀念你

山谷回我

以溪水的淙鸣

我向你倾吐思念

你如石像

沉默不应

如果沉默是你的悲抑

你知道这悲抑

最伤我心

水调歌头 · 明月几时有

[宋] 苏轼

明月几时有？把酒问青天。

不知天上宫阙，今夕是何年。

我欲乘风归去，又恐琼楼玉宇，高处不胜寒。

起舞弄清影，何似在人间。

转朱阁，低绮户，照无眠。

不应有恨，何事长向别时圆？

人有悲欢离合，月有阴晴圆缺，此事古难全。

但愿人长久，千里共婵娟。

十四行诗第18首

[英国] 威廉·莎士比亚 / 朱湘　译

我来比你作夏天，好不好？

不，你比它更可爱，更温和：

暮春的娇花有暴风侵扰，

夏住在人间的时日不多：

有时天之目亮得太凌人，

他的金容常被云霾掩蔽，

有时因了意外，四季周行，

今天的美明天已不美丽：

你的永存之夏却不黄萎，

你的美丽亦将长寿万年，

你不会死，死神无从夸嘴，

因为你的名字入了诗篇：

　　　一天还有人活着，有眼睛，

　　　你的名字便将与此常新。

是谁把?

刘大白

是谁把心里相思,
种成红豆?
待我来碾豆成尘,
看还有相思没有?

是谁把空中明月,
捻得如钩?
待我来抟钩作镜,
看永久团圆能否?

乡愁

杨唤

在从前，我是王，是快乐而富有的，

邻家的公主是我美丽的妻。

我们收获高粱的珍珠，玉蜀黍①的宝石，

还有那挂满在老榆树上的金纸。

如今呢？如今我一贫如洗。

流行歌曲和霓虹灯使我的思想贫血。

站在神经错乱的街头，

我不知道该走向哪里。

---

① 玉蜀黍：即玉米。

相见欢

[唐] 李煜

林花谢了春红，

太匆匆。

无奈朝来寒雨晚来风。

胭脂泪，

相留醉，

几时重。

自是人生长恨水长东。

秋夜有感

鲁迅

绮罗幕后送飞光，柏栗丛边作道场。

望帝终教芳草变，迷阳聊饰大田荒。

何来酪果供千佛，难得莲花似六郎。

中夜鸡鸣风雨集，起然烟卷觉新凉。

沙扬娜拉

徐志摩

最是那一低头的温柔，

像一朵水莲花不胜凉风的娇羞，

道一声珍重，道一声珍重，

那一声珍重里有蜜甜的忧愁——

沙扬娜拉！

山居秋暝

[唐] 王维

空山新雨后，天气晚来秋。

明月松间照，清泉石上流。

竹喧归浣女，莲动下渔舟。

随意春芳歇，王孙自可留。

梦与诗

胡适

都是平常经验,

都是平常影像,

偶然涌到梦中来,

变幻出多少新奇花样!

都是平常情感,

都是平常言语,

偶然碰着个诗人,

变幻出多少新奇诗句!

醉过方知酒浓,

爱过才知情重;——

你不能做我的诗,

正如我不能做你的梦。

蒹葭

诗经

蒹葭苍苍，白露为霜。所谓伊人，在水一方。
溯洄从之，道阻且长。溯游从之，宛在水中央。

蒹葭萋萋，白露未晞。所谓伊人，在水之湄。
溯洄从之，道阻且跻。溯游从之，宛在水中坻。

蒹葭采采，白露未已。所谓伊人，在水之涘。
溯洄从之，道阻且右。溯游从之，宛在水中沚。

浣溪沙·谁念西风独自凉

[清]纳兰性德

谁念西风独自凉，萧萧黄叶闭疏窗，
沉思往事立残阳。

被酒莫惊春睡重，赌书消得泼茶香，
当时只道是寻常。

微雨中的山游

王统照

当我们正下山来；

槭槭的树声，已在静中响了，

迷蒙如飞丝的细雨，也织在淡云之下。

羊声曼长地在山头叫着，

拾松子的妇人，也疲倦地回来。

我们行着，只是慢慢地走在碎石的斜坡上面。

看啊！

疏林中春末的翠影，

为将落的日光微耀。

纷披的叶子，被雨丝洗濯着，更见清丽。

四围的大气，都似在雪中浴过。

向回望高塔的铎铃，似乎轻松地摇动，

但是声太弱了，

我们却再听不见它说的甚么。

漫空中如画成的奇丽的景色，

越显得出自然的微妙。

斜飞禅翼的燕子斜飞地从雨中掠过。

它们也知道春去了吗？

下望呀！

烟雾弥漫的都城已经都埋在暗光布满的云幕里。

羊群已归去了，

拾松子的妇人大约是已回了她的茅屋。

我们也来在山前的平坡里，

听了音乐般的雨中的流泉声，

只恋恋地不忍走去！

回旋舞

[法国] 保尔·福尔 / 戴望舒　译

假如全世界的少女都肯携起手来，

她们可以在大海周围跳一个回旋舞。

假如全世界的男孩都肯做水手，

他们可以用他们的船在水上造成一座美丽的桥。

那时人们便可以绕着全世界跳一个回旋舞，

假如全世界的男孩都肯携起手来。

涉江采芙蓉

古诗十九首

涉江采芙蓉，兰泽多芳草。
采之欲遗谁，所思在远道。
还顾望旧乡，长路漫浩浩。
同心而离居，忧伤以终老。

送别

李叔同

长亭外，古道边，芳草碧连天。

晚风拂柳笛声残，夕阳山外山。

天之涯，地之角，知交半零落。

一瓢浊酒尽余欢，今宵别梦寒。

两个扫雪的人

周作人

阴沉沉的天气，

香粉一般白雪，下的漫天遍地。

天安门外白茫茫的马路上，

只有两个人在那里扫雪。

一面尽扫，一面尽下：

扫净了东边，又下满了西边，

扫开了高地，又填平了洼地。

全没有车辆踪影

粗麻布的外套上，已结积了一层雪，

他们两人还只是扫个不歇。

雪愈下愈大了；

上下左右，都是滚滚的香粉一般白雪。

在这中间，仿佛白浪中浮着两个蚂蚁，

他们两人还只是扫个不歇。

祝福你扫雪的人！

我从清早起，在雪地里行走，不得不谢谢你！

塞维拉小曲

—— 赠索丽坦·沙里纳思

[西班牙]洛尔迦 / 戴望舒 译

橙子林里，　　　　　　（描金的小凳子

透了晨曦，　　　　　　给摩尔小子。

金黄的小蜜蜂　　　　　金漆的椅子

出来找蜜。　　　　　　给他的妻子。）

蜜呀蜜呀　　　　　　　橙子林里

它在哪里？　　　　　　透了晨曦。

蜜呀蜜呀

它在青花里，

伊莎佩儿，

在那迷迭香花里。

赋得古原草送别

[唐] 白居易

离离原上草，一岁一枯荣。

野火烧不尽，春风吹又生。

远芳侵古道，晴翠接荒城。

又送王孙去，萋萋满别情。

猎人

[西班牙]洛尔迦 / 戴望舒　译

在松林上，

四只鸽子在空中飞翔。

四只鸽子

在盘旋，在飞翔。

掉下四个影子，

都受了伤。

在松林里，

四只鸽子躺在地上。

湖边

郑振铎

取了一块石，
抛入碧玻璃似的湖水中。
湖水荡漾了一会，
便又平静了。
映着夕阳的红光，
荡漾着的水也好，
明镜似平的水也好，
总是说不出地美的。

087

秋海棠

秋瑾

栽植恩深雨露同，

一丛浅淡一丛浓。

平生不借春光力，

几度开来斗晚风？

纸船

[印度]泰戈尔 / 郑振铎　译

我每天把纸船一个个放在急流的溪中。

我用大黑字写我的名字和我住的村名在纸船上。

我希望住在异地的人会得到这纸船，

知道我是谁。

我把园中长的秀利花载在我的小船上，

希望这些黎明开的花能在夜里被平平安安地带到岸上。

我投我的纸船到水里，

仰望天空，

看见小朵的云正张着满鼓着风的白帆。

我不知道天上有我的什么游伴把这些船放下来同我的船比赛！

夜来了，

我的脸埋在手臂里，

梦见我的纸船在子夜的星光下缓缓地浮泛前去。

睡仙坐在船里，

带着满载着梦的篮子。

瓶花

沈祖牟

我没法安排这寂寞的心境，

像黄昏抛不了孤零的雁影，

我不敢说我思量你，

为的是这无从想起，

一瓶的花追悼过去的光阴。

我没法安排这思家的心跳，

瓶花开不了故乡的欢笑，

掉了，一瓣也摇着深秋，

砚池里有漂泊的轻舟，

跟着我的心，一起给霜风凭吊。

子衿

诗经

青青子衿，悠悠我心。
纵我不往，子宁不嗣音？
青青子佩，悠悠我思。
纵我不往，子宁不来？
挑兮达兮，在城阙兮。
一日不见，如三月兮。

致萤火

戴望舒

萤火，萤火，
你来照我。

照我，照这沾露的草，
照这泥土，照到你老。

我躺在这里，让一颗芽
穿过我的躯体，我的心，
长成树，开花；

让一片青色的藓苔，
那么轻，那么轻
把我全身遮盖，

像一双小手纤纤，
当往日我在昼眠，

把一条薄被
在我身上轻披。

我躺在这里
咀嚼着太阳的香味；
在什么别的天地，
云雀在青空中高飞。

萤火，萤火
给一缕细细的光线——
够担得起记忆，
够把沉哀来吞咽！

星

冯文炳

满天的星，

颗颗说是永远的春花。

东墙上海棠花影，

簇簇说是永远的秋月。

清晨醒来是冬夜梦中的事了。

昨夜夜半的星，

清洁真如明丽的网，

疏而不失，

春花秋月也都是的，

子非鱼安知鱼。

乌衣巷

[唐] 刘禹锡

朱雀桥边野草花，

乌衣巷口夕阳斜。

旧时王谢堂前燕，

飞入寻常百姓家。

幸福

[法国] 保尔·福尔 / 戴望舒　译

幸福是在草场中，快跑过去，快跑过去。

幸福是在草场中，快跑过去，它就要溜了。

假如你要捉住它，快跑过去，快跑过去。

假如你要捉住它，快跑过去，它就要溜了。

在杉菜和野茴香中，快跑过去，快跑过去。

在杉菜和野茴香中，快跑过去，它就要溜了。

在羊角上，快跑过去，快跑过去。

在羊角上，快跑过去，它就要溜了。

在小溪的波上，快跑过去，快跑过去。

在小溪的波上，快跑过去，它就要溜了。

从林檎树到樱桃树，快跑过去，快跑过去。

从林擒树到樱桃树，快跑过去，它就要溜了。

跳过篱垣，快跑过去，快跑过去。

跳过篱垣，快跑过去！它已溜了！

鹊踏枝

[唐] 冯延巳

谁道闲情抛掷久，

每到春来，

惆怅还依旧。

日日花前常病酒，

不辞镜里朱颜瘦。

河畔青芜堤上柳，

为问新愁，

何事年年有。

独立小桥风满袖，

平林新月人归后。

海岸

[西班牙] 佩德罗·萨利纳斯 / 戴望舒　译

如果不是那

它在远方为自己创造的

纤弱的，洁白的水沫的蔷薇，

谁会来对我说

它动着胸膛的呼吸，

它是生活着，

它内心有一片热情，

它需要整个世界，

这青色的，宁静的，七月的海?

浣溪沙·偶成

朱生豪

珍重年时罨画溪，
水云澹漾石桥低，
燕归芳草碧萋萋。

莫道无怅相望久，
一汪儿泪没人知，
落花深处暗褰衣。

草儿

康白情

草儿在前，
鞭儿在后。
那喘吁吁的耕牛，
正担着犁鸢，
眙着白眼，
带水拖泥，
在那里"一东二冬"地走着。
"呼——呼……"
"牛也，你不要叹气，
快犁快犁，

我把草儿给你。"
"呼——呼……"
"牛也，快犁快犁。
你还要叹气，
我把鞭儿抽你。"
牛呵！
人呵！
草儿在前，
鞭儿在后。

110

冬日

[英国]珀西·比希·雪莱 / 苏曼殊 译

孤鸟栖寒枝，
悲鸣为其曹。
池水初结冰，
冷风何萧萧？

荒林无宿叶，
瘠土无卉苗，
万籁尽廖寂，
惟闻喧桔槔。

她的名字

[英国] 托马斯·哈代 / 徐志摩　译

在一本诗人的书叶上

我画着她芳名的字形；

她像是光艳的思想的部分，

曾经灵感那歌吟者的欢欣。

如今我又翻着那张书叶，

诗歌里依旧闪耀着光彩，

但她的名字的鲜艳，

却已随着过去的时光消淡。

摇篮歌

朱湘

春天的花香真正醉人，
一阵阵温风拂上人身，
你瞧日光它移得多慢，
你听蜜蜂在窗子外哼：

　　睡呀，宝宝，
　　蜜蜂飞得真轻。

天上瞧不见一颗星星，
地上瞧不见一盏红灯；
什么声音也都听不到，
只有蚯蚓在天井里吟：

　　睡呀，宝宝，
　　蚯蚓都停了声。

一片片白云天空上行，
像是些小船飘过湖心，
一刻儿起，一刻儿又沉，
摇着船舱里安卧的人：

　　睡呀，宝宝，
　　你去跟那些云。

不怕它北风树枝上鸣，
放下窗子来关起房门；
不怕它结冰十分寒冷，
炭火生在那白铜的盆：

　　睡呀，宝宝，
　　挨着炭火的温。

赋柳

秋瑾

独向东风舞楚腰，为谁颦恨为谁娇？

灞陵桥畔销魂处，临水傍堤万万条。

小鸟

朱自清

清早颤巍巍的太阳光里，

两个小鸟结着伴，

不住地上下飞跳。

他俩不知商量些什么，

只是咭咭呱呱地乱叫。

细碎的叫声，

夹着些微笑；

笑里充满了自由，

他们却丝毫不觉。

他们仿佛在说："我们活着，

便该跳该叫。

生命给的欢乐，

谁也不会从我们手里夺掉。"

距离

覃子豪

即使地球和月亮

有着不可衡量的距离

而地球能够亲睹月亮的光辉

他们有无数定期的约会

两岸的山峰，终日凝望

他们虽曾面对长河叹息

而有时也在空间露出会心的微笑

他们似满足于永恒的遥远相对

我的梦想最绮丽

而我的现实最寂寞

是你，把它划开一个距离

失却了永恒的联系

假如，我有五千魔指

我将世界缩成一个地球仪

我寻你，如寻巴黎和伦敦

在一回转动中，就能寻着你

色彩

闻一多

生命是张没价值的白纸，

自从绿给了我发展，

红给了我热情，

黄教我以忠义，

蓝教我以高洁，

粉红赐我以希望，

灰白赠我以悲哀；

再完成这帧彩图，

黑还要加我以死。

从此以后，

我便溺爱于我的生命，

因为我爱他的色彩。

在天晴了的时候

戴望舒

在天晴了的时候，
该到小径中去走走：
给雨润过的泥路，
一定是凉爽又温柔；
炫耀着新绿的小草，
已一下子洗净了尘垢；
不再胆怯的小白菊，
慢慢地抬起它们的头，
试试寒，试试暖，
然后一瓣瓣地绽透；
抖去水珠的凤蝶儿
在木叶间自在闲游，

把它的饰彩的智慧书页
曝着阳光一开一收。

到小径中去走走吧，
在天晴了的时候：
赤着脚，携着手，
踏着新泥，涉过溪流。

新阳推开了阴霾了，
溪水在温风中晕皱，
看山间移动的暗绿——
云的脚迹——它也在闲游。

春雷

徐世昌

隐隐雷声杂晓钟,
疏窗唤醒梦痕浓。
云来高树惊栖鸟,
雨洗空山起蛰龙。
解箨时看栏外竹,
舒鳞欲动涧边松。
郊原宿麦芃芃发,
东作还须问老农。

云与波

[印度]泰戈尔 / 郑振铎　译

妈妈，住在云端的人对我唤道——

"我们从醒的时候游戏到白日终止。

"我们与黄金色的曙光游戏，我们与银白色的月亮游戏。"

我问道："但是，我怎么能够上你那里去呢？"

他们答道："你到地球的边上来，举手向天，就可以被接到云端里来了。"

"我妈妈在家里等我呢，"我说，"我怎么能离开她而来呢？"

于是他们微笑着浮游而去。

但是我知道一件比这个更好的游戏，妈妈。

我做云，你做月亮。

我用两只手遮盖你，我们的屋顶就是青碧的天空。

住在波浪上的人对我唤道——

"我们从早晨唱歌到晚上；我们前进又前进地旅行，也不知我们所经过的是什么地方。"

我问道："但是，我怎么能加入你们队伍里去呢？"

他们告诉我说："来到岸旁，站在那里，紧闭你的两眼，你就被带到波浪上来了。"

我说："傍晚的时候，我妈妈常要我在家里——我怎么能离开她而去呢！"

于是他们微笑着，跳舞着奔流过去。

但是我知道一件比这个更好的游戏。

我是波浪，你是陌生的岸。

我奔流而进，进，进，笑哈哈地撞碎在你的膝上。

世界上就没有一个人会知道我们俩在什么地方。

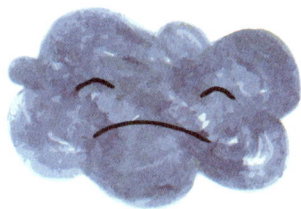

终南望余雪

[唐] 祖咏

终南阴岭秀，积雪浮云端。

林表明霁色，城中增暮寒。

呼唤

饶孟侃

有一次我在白杨林中，
听到亲切的一呼唤；
那时月光正望着翁仲，
翁仲正望着我看。
再听不到呼唤的声音，
我吃了一惊，四面寻找；
翁仲只是对月光出神，
月光只对我冷笑。

故乡

徐玉诺

小孩的故乡

藏在水连天的暮云里了。

云里的故乡呵,

温柔而且甜美!

小孩的故乡

在夜色罩着的树林里小鸟声里

唱起催眠歌来了。

小鸟声里的故乡呵,

仍然那样悠扬、慈悯!

小孩子醉眠在他的故乡里了。

归园田居（其一）

[晋] 陶渊明

少无适俗韵，性本爱丘山。
误落尘网中，一去三十年。
羁鸟恋旧林，池鱼思故渊。
开荒南野际，守拙归园田。
方宅十余亩，草屋八九间。
榆柳荫后檐，桃李罗堂前。
暖暖远人村，依依墟里烟。
狗吠深巷中，鸡鸣桑树颠。
户庭无尘杂，虚室有余闲。
久在樊笼里，复得返自然。

哈代八十六诞日自述

[英国]托马斯·哈代 / 徐志摩　译

好的，世界，你没有骗我，

你没有冤我，

你说怎么来是怎么来，

你的信用倒真是不坏。

打我是个孩子我常躺

在青草地里对着天望，

说实话我从不曾希冀

人生有多么艳丽。

打头儿你说，你常在说，

你说了又说，

你在那云天里，山林间，

散播你的神秘的语言：

"有多人爱我爱过了火，

有的态度始终是温和，

也有老没有把我瞧起，

到死还是那怪僻。

"我可从不曾过分应承，

孩子，从不过分；

做人红黑是这么回事。"

你要我明白你的意思。

正亏你把话说在头里，

我不踌躇的信定了你，

要不然每年来的烦恼

我怎么支持得了？

期待

杨唤

每一颗银亮的雨点是一个跳动的字，

那狂燃起来的闪电是一行行动人的标题。

从夜的槛里醒来，把梦的黑猫叱开，

听滚响的雷为我报告晴朗的消息。

十一月十四夜发南昌月江舟行

陈三立

露气如微虫，波势如卧牛。

明月如茧素，裹我江上舟。

风车

[比利时] 维尔哈伦 / 戴望舒　译

风车在夕暮的深处很慢地转，

在一片悲哀而忧郁的长天上，

它转啊转，而酒渣色的翅膀，

是无限的悲哀，沉重，而又疲倦。

从黎明，它的胳膊，像哀告的臂，

伸直了又垂下去，现在你看看

它们又放下了，那边，在暗空间

和熄灭的自然底整片沉寂里。

冬天苦痛的阳光在村上睡眠，

浮云也疲于它们阴暗的旅行；

沿着收于它们的影子的丛荆，

车辙行行向一个死灭的天边。

在土崖下面，几间桦木的小屋
十分可怜地团团围坐在那里；
一盏铜灯悬挂在天花板底下，
用火光渲染墙壁又渲染窗户。

而在浩漫平芜和朦胧空虚里，
这些很惨苦的破屋！它们看定
（用着它们破窗的可怜的眼睛）
老风车疲倦地转啊转，又寂寞。

自励（其二）

[清] 梁启超

献身甘作万矢的，著论求为百世师。

誓起民权移旧俗，更揅哲理牖新知。

十年之后当思我，举国犹狂欲语谁？

世界无穷愿无尽，海天寥廓立多时。

雪花的快乐

徐志摩

假如我是一朵雪花，
翩翩的在半空里潇洒，
我一定认清我的方向——
飞扬，飞扬，飞扬，——
这地面上有我的方向。
不去那冷寞的幽谷，
不去那凄凉的山麓，
也不上荒街去惆怅——
飞扬，飞扬，飞扬，——
你看，我有我的方向！

在半空里娟娟地飞舞，

认明了那清幽的住处，

等着她来花园里探望——

飞扬，飞扬，飞扬，——

啊，她身上有朱砂梅的清香！

那时我凭借我的身轻，

盈盈的，沾住了她的衣襟，

贴近她柔波似的心胸——

消溶，消溶，消溶——

溶入了她柔波似的心胸！

152

癸丑夏夜登东鹳山

郁达夫

夜发游山兴，扶筇涉翠微。

虫声摇绝壁，花影护禅扉。

远岸渔灯聚，危窠宿鸟稀。

更残万籁寂，踏月一僧归。

153

希望

胡适

我从山中来，　　急坏看花人，

带得兰花草。　　苞也无一个。

种在小园中，　　眼见秋天到，

希望花开好。　　移花供在家。

一日望三回，　　明年春风回，

望到花时过。　　祝汝满盆花！

在镜子里

[西班牙] 曼努埃尔·阿尔陀拉季雷 / 戴望舒　译

在镜子里照一照你自己，

然后看你的这些遗忘了的肖像，

你往昔的美丽之落英，

我要给你绘一幅新的肖像，

将你从你的现在采撷下来；

而当你已消隐了，只是

缥渺的香，只是灵魂和记忆时，

我将把你的这些肖像

装在没有花的茎上，

来看你像香一样地氤氲，

像形一样地残留在这地上。

金缕衣

[唐] 杜秋娘

劝君莫惜金缕衣,

劝君惜取少年时。

花开堪折直须折,

莫待无花空折枝!

雁子

陈梦家

我爱秋天的雁子，
终夜不知疲倦；
（像是嘱咐，像是答应，）
一边叫，一边飞远。

从来不问他的歌，
留在哪片云上，
只管唱过，只管飞扬——

黑的天，轻的翅膀。

我情愿是只雁子，
一切都使忘记——
当我提起，当我想到，
不是恨，不是欢喜。

十二月十九夜

冯文炳

深夜一枝灯，

若高山流水，

有身外之海。

星之空是鸟林，

是花，是鱼，

是天上的梦，

海是夜的镜子。

思想是一个美人，

是家，

是日，

是月，

是灯，

是炉火，

炉火是墙上的树影，

是冬夜的声音。

黄鹤楼

[唐] 崔颢

昔人已乘黄鹤去，此地空余黄鹤楼。

黄鹤一去不复返，白云千载空悠悠。

晴川历历汉阳树，芳草萋萋鹦鹉洲。

日暮乡关何处是？烟波江上使人愁。

夜之光

[西班牙] 佩德罗·萨利纳斯 / 戴望舒 译

夜间，我在想着

那边的白昼，

那边，这个夜是白昼。

那里是在迎太阳而开着

百花的快乐的小阳伞下，

而现在照着我的，

却是瘦瘦的月。

这里的周遭，

虽然一切都那么平静

那么沉寂，那么幽暗，

我却看见那些轻快的人们

——匆忙，鲜明的衣衫，笑——

充分享受地不断

消耗着这他们所有的光，

这当有人在那边说：

"已经是夜了"的时候

就要为我所有的光。

现在

我处身的这个夜，

你贴近着我

那么睡沉沉又那么无太阳的夜，

在这个

夜和睡眠的月光里

我想着那有我

看不见的光的

你的梦的彼岸。

那里是白昼，而你散着步

——你在睡眠中微笑——

带着这片那么快乐，那么是花的

开着的微笑，

竟至夜和我都觉得

它决不会是这里的。

雨景

朱湘

我心爱的雨景也多着呀；
春夜春梦时窗前的淅沥；
急雨点打上蕉叶的声音；
雾一般拂着人脸的雨丝；
从电光中泼下来的雷雨——

但将雨时的天我最爱了。
它虽然是灰色的却透明；
它蕴着一种无声的期待。
并且从云气中，不知哪里，
飘来了一声清脆的鸟啼。

小的伴侣

王统照

瓶中的紫藤，

落了一茶杯的花片。

有个人病了，

只有个蜂儿在窗前伴他。

虽是香散了，

花也落了，

但这才是小的伴侣啊！

171

沙粒（节选）

萧红

七月里长起来的野菜，

八月里开花了。

我伤感它们的命运，

我赞叹它们的勇敢。

我爱钟楼上的铜铃，

我也爱屋檐下的麻雀，

因为从孩童时代他们就是我的小歌手啊！

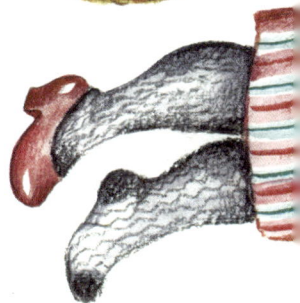

一双双的小船

[西班牙] 曼努埃尔·阿尔陀拉季雷 / 戴望舒　译

一双双小船，
像曝在太阳下的
风中的屐。

我和我的影子，直角。
我和我的影子，翻开的书。

在沙滩上，
像大海的沉舟残片，
一个孩子睡着。

我和我的影子，直角。
我和我的影子，翻开的书。

更远一点，渔夫们
拉着黄色的
醎渍的绳索。

我和我的影子，直角。
我和我的影子，翻开的书。

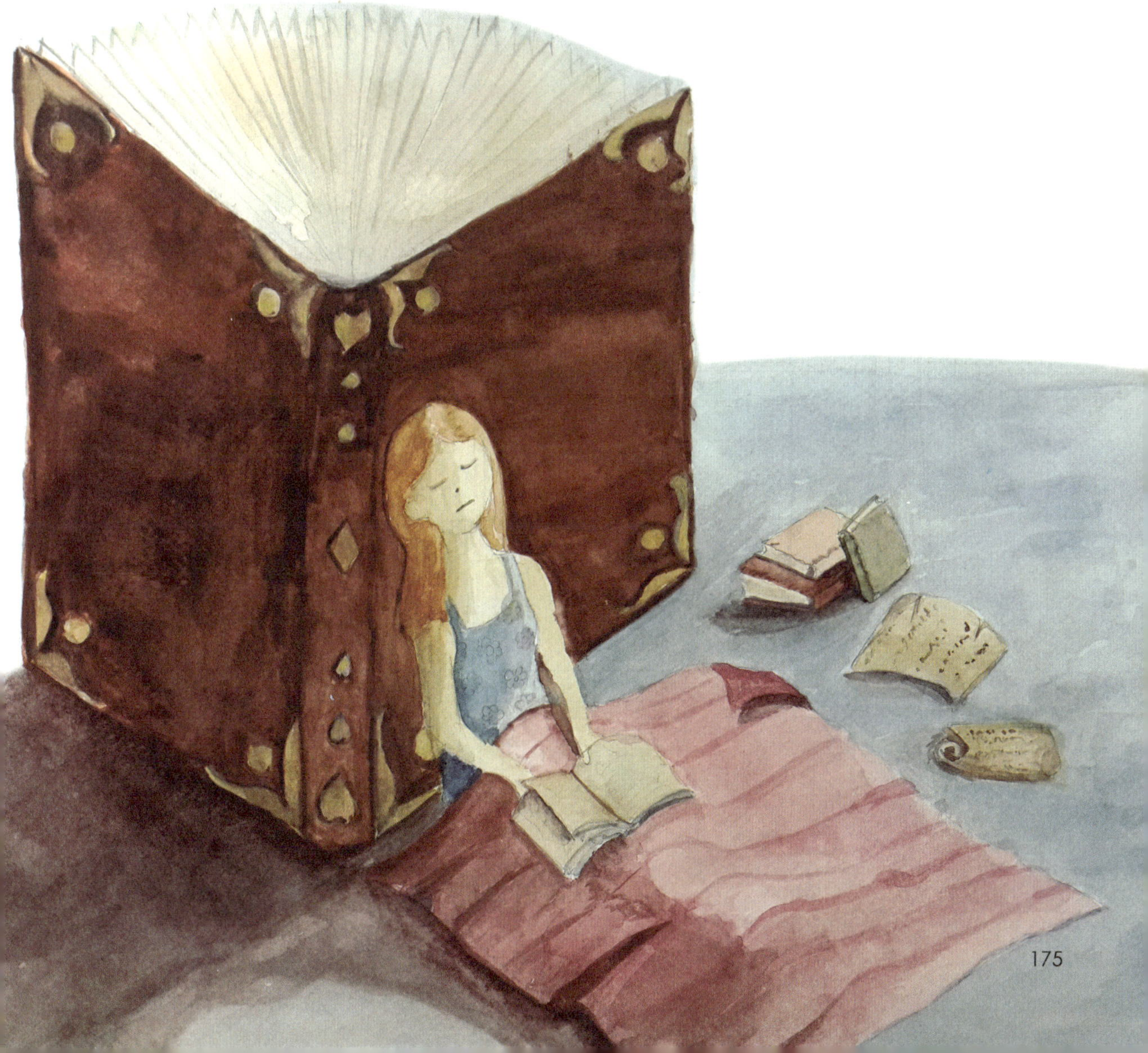

七子之歌·澳门

闻一多

你可知"妈港"不是我的真名姓？

我离开你的襁褓太久了，母亲！

但是他们掳去的是我的肉体，

你依然保管我内心的灵魂。

三百年来梦寐不忘的生母哇！

请叫儿的乳名，

叫我一声"澳门"！

母亲！我要回来，母亲！

浣溪沙·绣幕芙蓉一笑开

[宋]李清照

绣幕芙蓉一笑开，斜偎宝鸭亲香腮，
眼波才动被人猜。

一面风情深有韵，半笺娇恨寄幽怀，
月移花影约重来。

花的学校

[印度] 泰戈尔 / 郑振铎 译

当雷在天上轰响，

六月的阵雨降落的时候，

润湿的东风走过原野，

在竹林中吹着口笛。

于是一群一群的花从无人知道的地方突然跑出来，

在草地上跳着狂欢的舞。

妈妈，我真的觉得那群花朵是在地下的学校里上学。

它们关了门在做功课。

如果它们想在放学以前出来游戏，

它们的老师是要罚它们的。

雨一来，它们便放假了。

树枝在林中互相碰触着，

绿叶在狂风里哗啦啦地响，雷拍着大手。

这时花孩子们便穿了紫色的、黄色的、白色的衣裳，冲了出来。

你可知道，妈妈，它们的家在天上，在星星住的地方。

你没看见它们是怎样的急着要到那儿去吗？

你不知道它们为什么那样急急忙忙吗？

我自然能够猜得出它们是对谁扬起双臂来：

它们也有它们的妈妈，

就像我有我的妈妈一样。

今日歌

[明] 文嘉

今日复今日，

今日何其少！

今日又不为，

此事何时了？

人生百年几今日，

今日不为真可惜！

若言姑待明朝至，

明朝又有明朝事。

为君聊赋《今日诗》，

努力请从今日始！

明日歌

[明] 文嘉

明日复明日，

明日何其多！

日日待明日，

万事成蹉跎！

世人皆被明日累，

明日无穷老将至。

晨昏滚滚水流东，

今古悠悠日西坠。

百年明日能几何？

请君听我《明日歌》。

笑

林徽因

笑的是她的眼睛，口唇，

和唇边浑圆的旋涡。

艳丽如同露珠，

朵朵的笑向

贝齿的闪光里躲。

那是笑——神的笑，美的笑：

水的映影，风的轻歌。

笑的是她惺松的鬌发，

散乱的挨着她耳朵。

轻软如同花影，

痒痒的甜蜜

涌进了你的心窝。

那是笑——诗的笑，画的笑：

云的留痕，浪的柔波。

仙童歌

[英国] 威廉·莎士比亚 / 朱湘　译

我与蜜蜂同饮花杯，

半展芙藻是我床帏，

催眠歌有水蚓低吹，

绿眼蜻蜓负我南飞，

想把春神半路追回——

春神归去温暖南方，

我也淹留不想家乡。

春江花月夜

[唐] 张若虚

春江潮水连海平，海上明月共潮生。

滟滟随波千万里，何处春江无月明！

江流宛转绕芳甸，月照花林皆似霰；

空里流霜不觉飞，汀上白沙看不见。

江天一色无纤尘，皎皎空中孤月轮。

江畔何人初见月？江月何年初照人？

人生代代无穷已，江月年年望相似。

不知江月待何人，但见长江送流水。

白云一片去悠悠，青枫浦上不胜愁。

谁家今夜扁舟子？何处相思明月楼？

可怜楼上月徘徊，应照离人妆镜台。

玉户帘中卷不去，捣衣砧上拂还来。

此时相望不相闻，愿逐月华流照君。

鸿雁长飞光不度，鱼龙潜跃水成文。

昨夜闲潭梦落花，可怜春半不还家。

江水流春去欲尽，江潭落月复西斜。

斜月沉沉藏海雾，碣石潇湘无限路。

不知乘月几人归，落月摇情满江树。

一朵野花

陈梦家

一朵野花在荒原里开了又落了，

不想这小生命，向着太阳发笑，

上帝给他的聪明他自己知道，

他的欢喜，他的诗，在风前轻摇。

一朵野花在荒原里开了又落了，

他看见青天，看不见自己的渺小，

听惯风的温柔，听惯风的怒号，

就连他自己的梦也容易忘掉。

194

山居杂咏

[明] 黄宗羲

锋镝牢囚取次过，
依然不废我弦歌。
死犹未肯输心去，
贫亦岂能奈我何。
廿两棉花装破被，
三根松木煮空锅。
一冬也是堂堂地，
岂信人间胜著多。

启程

[俄罗斯]叶赛宁 / 戴望舒　译

啊，我的有耐心的母亲啊，

明天早点唤醒我，

我将上路到山后面

去欢迎那客人。

我今天在林中草地

看见了巨大的轮迹，

在密集着云的森林中

风吹拂着它的金马衣。

明天黎明它将疾驰而过，

把月帽压到林梢，

而在平原上，牝马玩着，
挥动它红色的尾巴。

明天，早点唤醒我，
在我们的房内点亮了灯：
别人说我不久将成为
一位著名的俄罗斯诗人。

那时我将歌唱你，以及客人，
以及火炉、雄鸡和屋子，
而在我的歌中将流着
你的赭色的母牛的乳。

本事诗

苏曼殊

春雨楼头尺八箫，

何时归看浙江潮？

芒鞋破钵无人识，

踏过樱花第几桥？

小小儿的请求

应修人

不能求响雷和闪电的归去，

只愿雨儿不要来了；

不能求雨儿不来，

只愿风儿停停吧！

再不能停停风儿呢，

就请缓和地轻吹；

倘然要决意狂吹呢，

请不要吹到钱塘江以南。

钱塘江以南也不妨，

但不要吹到我的家乡；

还不妨吹到我家，

千万不要吹醒我的妈妈，

——我微笑地睡着的妈妈！

妈妈醒了，

伊的心就会飞到我的船上来，

风浪惊痛了伊的心，

怕一夜伊也不想再睡了。

缩之又缩的这个小小儿的请求，

总该许我了，

天呀？

寻隐者不遇

[唐] 贾岛

松下问童子，言师采药去。

只在此山中，云深不知处。

我有

方玮德

我有一个心念，　　　　　我有一个思量，

当我走过你的身前；　　　在我走回家的路上；

像是一道山泉，　　　　　像是一抹斜阳，

不是爱，也不是留恋。　　不是愁，也不是怅惘。

梦乡

[英国] 威廉·布莱克 / 戴望舒　译

醒来，醒来，我的小孩！
你是你母亲唯一的欢快；
为什么你在微睡里啼泣？
醒来吧！你的爸爸看守你。

"哦，梦乡是什么乡邦？
什么是它的山，什么是它的江？
爸爸啊！我看见妈妈在那边，
在明丽水畔的百合花间。"

"在绵羊群里，穿着白衣服，
她在欣欣地跟她的汤麦蹰躇，
我快活得啼哭，我鸽子般唏嘘；
哦！我几时再可以回去？"

好孩子，我也曾在快乐的水涯，
在梦乡里整夜地徘徊；
但远水虽平静而不寒，
我总不能渡到彼岸。

"爸爸，哦爸爸！我们到底干什么，
在这个疑惧之国？
梦乡是更美妙无双，
它在晨星的光芒之上。"

衷心感谢这本书中所有伟大的诗人，以及授予我们作品使用权的画家、插画师。在各方的努力下，我们尽可能将宝贵的诗篇准确呈现，但因能力有限，我们编辑团队在工作过程中难免出现疏漏。在此，特向读者表示歉意，如果发现问题，请及时与我们取得联系。

定价: 54.00元

ISBN 978-7-5212-2258-6

9 787521 222586 >

上海辞书出版社·纪实文学